爱与愧疚

第37届青春诗会诗丛

《诗刊》社 编

叶燕兰————

著

长江出版传媒

长江文艺出版社

叶燕兰

1987年出生于泉州德化，现居晋江。

2016年开始诗歌创作。作品散见《诗刊》《星星》《江南诗》《诗林》《诗选刊》《福建文学》等刊物。

目　录

辑二　睡前故事

辑四　小镇青年

辑五　成为母亲

辑 一

相 遇

相　遇

在崇武海边，一面古城墙隔开了
大海。而把小而轻的生活
留给浪花翻卷的土地

老人们在门口打盹
孩童在石巷子间飞速长成
一个雕艺师，分别从他们身上
捕捉到了时间，这变幻的光影
他凝视着
如同大海某一时刻屏住呼吸，露出
午后深刻的蔚蓝

一种巨大的天真
与野心
摇晃着我。让我几乎看到了我自己
一座又小又孤独的岛屿
正从海水的隐身术中，湿漉漉地醒来
看到的每只低头俯冲的鸟类
都像你

瓷

只在极少数时刻，我才感到微微
遗憾。像某些夜里彻底无眠
拥有整晚冰凉光滑的时间，却无法由内
而外，裂开一个小的豁口
亲自对他
说晚安

我情愿自己一直是布满裂纹的
宋代或清朝的一件被
眼前人的想象力，反复用旧
的古瓷

因不可追忆的时光
和天生的不完美
符合他对人世的预判、自身的审美
而被选中，等价置换
收藏在一个人的书房
常常受冷落。偶尔获得
足以修复一生的
细细打量

有时他打开射灯。光线亮如极昼

把某一刻闪耀

成一个巨大的幻觉

为他短暂的凝视，我才稳住我摇摇

欲坠的一生

迟迟不从身体幽暗处交出

这仅剩的

轻薄易碎的情爱，和着真实命运的空响

记江滨公园一次漫长的散步

晚风轻拂，江水静静流淌

一开始我是别人的女儿
像眼前哭闹追逐的孩子，那么天真

接着我是别人的恋人
比草丛中陷入了盲目爱情的野花
更加深情

后来我是别人的母亲
听见某处枝叶间传来的召唤性蝉鸣
也能引发内心的交响，与轻微震颤

到最后……渐渐再无人和我擦肩而过
茫茫夜色中
我感到自己微凉、赤裸。羞愧得近乎
还未拥有任何故事的少年
一瞬间
几乎就要放弃所有形容词，低促地喊出
——我爱你。

夏日晚风一遍遍吹拂，仿佛在替你
江中流水静静地涌动，仿佛是为我

海景朗诵会

是另一群悬浮在水面的
更加天真的浮游生物
循着某一古老的蔚蓝，洄游至此

晚风中相互敞开，吐泡泡
伸出触须，如声音震颤
抓挠试探

读一首曾写下的诗，更是选一种气息
袒露身体一道不轻易示人的暗纹
以黄昏暧昧的眼光、语调
再次自我否定或者确认
这多令人着迷

仿佛那些虚幻的光影正在慢慢消失
而真实的布景、遮蔽和孤怯
也被一双看不见的手捉住
像放水灯一样，轻轻放回内心的大海

最好的女孩

哦。世上真有这样的女孩吗
你投入一颗石子
她清澈见底，如同还没遭遇
任何形式的爱情
你投入一整颗心，她像湖水那样沉静
地荡漾……并且从一开始就做好了
撕裂和不退让的准备

下山的路

周末一个人爬
一座不知名的山
上山的路轻易地就找到了
下山时，却被岔路的一株高树
吸引。进入了一条废弃的荒道
来来回回
山脚灯火近在眼前，却无法抽身返回
摸亮属于自己的那一盏

这让我想起年轻时
二十岁出头
与一个人以爬山之名
进行的一场曲折幽深的试探
也在这样落日暧昧的下山时分
迷失了方向

那时和现在一样，心中都没有更多的恐慌
因过分寂静而被逐渐放大的
呼吸声中
甚至还产生了对迷途的
一种莫名的渴望

那时还能顺势握住另一个人

同样茫然但兴奋的手

以干脆吻到一起，摸索前进的方向

现在。独自面对这场逼近的薄暮

我索性蹲伏下来

与近处裸露空地中的一只灰雀

对视，见它细长的脚趾呈

暗红色，转动的眼珠子

随天色慢慢暗淡

又隐隐地，发出要摄取人心的光

读后感

他不用修长的手指
而用文字之钝。句中奔突的空拳
敲开我的身体
放出那个迷恋捉迷藏的
小女孩

我因此爱上自己蒙住
自己的眼睛
凭震颤，与空气的沉默去辨别
暗中的逃窜，影像的位移
以及正在降临的，初夏般
颤抖的鼻息与抚触

我因此睁开眼睛
轻轻抱住那个哭泣的小女孩
为她擦净唇角泪痕
像她真的伸出垂摆之手，穿过我
摘下书中天真的月亮
开口说话如同慢慢熄灭

不要害怕成长而失去同类

有人生来可以，和自己捉迷藏

白色月光

今晚的月亮真美呀。让我一时忘了
自卑
让我不可思议地走在江边
忘记白天的木讷、寡言，想起你
也想起自己
作为一个胆小诚实的人
既有月光抚遍草木那样坦荡的
对外倾泻的爱
也有如眼前萤火虫轻轻隐入
草丛一般，向内
纯粹、微弱，闪烁的欲望

——感谢月光这么美
让我不用拐弯抹角，可以直接
想到你

想到多年后。这片旷野依旧静寂迷人
某个角落必然还有一小块儿皎洁
羞涩的空地
白白地空着……
让一个仅凭心跳就能够

闭着眼睛活得很好的女人，像一棵
掉光所有叶子却仍要止不住
摇晃的树
忘我地在其中舞动，孤独得
近乎赤裸，赤裸着……
胜过这世间所有的初生

哦，就是这样
她对黑夜的感知，一点也没有被浪费
她的美与衰败
一点也不叫人羞愧

滨海小酒馆

我相信是止住写下第一个字的冲动
或忍不住要爱，最后一人的直觉
让我走到了这里

一间海边小酒馆
简单、干净。午后阳光洒下来
是城墙边的姑娘，来不及掩饰羞涩
咿呀推开门，让人一下子跌入
她散发着淡雀斑的脸庞

留言墙上泛黄的笔迹多么好
桌上未及啜饮，就已红透的
桃花酒多么好
哦，只要想到这世上至少还有一个你
没有手捧浪花与我在此相遇
我就还是个爱歌唱的孩子
就要握着麦。像在沙滩上握着海螺一遍遍听
一首古老天真的歌谣，小螃蟹一样
从赭色礁石的体缝里爬出
轻轻抓挠着生活，这因甜蜜而咸涩
漫长而忍耐的海岸线

抱住那个湖

他关怀过我。在空阔而汗液
黏湿的夏日夜晚
在树叶纷纷落到湖面的
冬日清晨

湖水总是一副要溢出又
终于未溢出的模样
我小心地贴着堤岸边沿
时快，时慢
渴望如垂下的柳条摆动获得
被水花重击的感觉

这震颤，会与他的指腹轻触
安抚我毛孔张开的皮肤
一样吗？

当我想要拒绝，就绕着湖面波纹
一圈圈地走，甚至小跑起来
茫然、空洞。像锻炼的人群中
最先觉察同一节奏毫无意义的那个
正分身从群体中退出

像一只漂浮的、试图自我废弃的船只
感到快要消失在迷雾中的快乐
就想抱住那面湖水，哭泣
仿佛抱住
巨大而不朽浮动的爱情
仿佛真的抱住，同样矛盾
又真实的另一半

想见你

夜终于静下。躺在床上
空气的血液仿佛凝滞
而体内的小溪水开始不受控制
这让我想到抱臂难眠的人
心上也有一个这样坏掉的
水龙头
滴答，滴答，滴答
滴——答，滴——答
滴——答……
古老滴漏羞涩又大胆的回响
在金属性冰凉的长夜，如童年野孩子的呼喊
不知疲倦地试探
无人的空谷

不要再去安慰她

就让这只手一直悬着。在她头顶
如一颗永远年轻的
会为爱受伤的心
不要再在伤口剜一刀
不要去摸索，一种痊愈的解药

让她疼。让她疼得
面对日后人世的困厄，再说不出话来
让她沉沉地哭，也让她
哭着哭着，看见枝头桂花
抖动清晨露水吃吃地笑出声

这是她的爱，与羞愧
你的手不要哀悯地落下来
碰触那纯洁无辜的黑发
就像误入村庄，看见老妇在门前
守着戒备的黄狗打盹
不要问询，不要惊扰她

你可以短暂地停驻，看一看落日
像曾经注视过的，少女的一次脸红

给她一点泪水、耐心，等那红晕逐渐加深
或慢慢褪去
她的美与危险在于，想让这世上最好的人
为之内心微微一动

为了一个并不真实存在的夜晚

他从阴影处，明亮地看着你
一动不动
你是否因此再次做好了
献祭的准备？

同在这凉风吹拂的夏夜
仿佛两个绷紧神经走了很久的人
突然停住，想要放松对生活的警惕
在光亮处
坐下来
在陌生的路边大排档，跟随吆喝的人
松弛地喝着
本地不知名的啤酒

没有名字的自酿生啤，如没有内容的对话
入口即化，张开嘴巴就变成了
空气
这中间无所思的部分，让人感到亲切
又恍惚
好像双眼蒙眬、两颊微微发烫
其中一人被另一人搀着

经过某一桌，杯盘狼藉的中年
重返无须借助酒精也能微醺
或大醉的十八九岁

他们曾一起走入那茫茫夜色
背影踉跄青涩
现在看起来，似乎早就别有用心

——

为了一个也许并不真实存在的夜晚
献出彼此。因为相拥相融
而几乎就要指认出月亮，重新浮出云层
那样肉眼可见的
缥缈，或者欲望

假装写下一封信

夏日阳光太好了。但愿这专一的
坦荡、微尘孤怯的香气
没有打扰到你

我仍旧无处可去，只能通过
不去想你
虚构一片暂时的树荫

你别为那窗前偶然的阴影
感到出神
当你抱歉，南方的青芒果
就有一颗会提前滚落
你的眼眶

——你不要弯腰去捡
作为突然心碎的一个，她
还没完全熟透
还不能承受，你单纯如烈日的
凝视

青芒果

几场高温的绵雨过后
院子的芒果树开花了

从那树下经过，想起你
是内心幽暗的人
抬起头，闻到芒果花
黏稠潮湿的香气

你知道吗
这是一种本土的青芒果，肾脏形
未成熟前果皮呈天真的绿色
成熟了，表皮颜色还是坚定不变

但她也是细腻多汁的。也在阳光或风雨中
渴望一种目光有力的
凝视、摘取，作为回报
将赠予品尝的人更多关于甜蜜的想象力
由此获得丝缕纤维中，青涩
与成熟的渐变、牵扯之欣快感

也许咬下去的瞬间，嘴唇会有点发麻

但肯定不会发生麻烦的过敏反应

你一定不要因此放弃

像太过年轻，舍弃了一段还没真正开始的

充满试探味道的未知感情，多可惜……

雪山下的爱情

你我抵达以前，玉龙雪山的雪
已在头顶下了千年

在我们就要离开时，玉龙雪山的雪线
再一次要求自己，沉降了一点点
以此保证若干年内，相爱的两个人
内心的降雪量与消融量保持平衡

春天的约会

这是早春的阳光
随踏青的脚步，深一脚浅一脚
爬到山坡上，歇在田野边
溪流迸出小水花
我们是笨拙石头上，清凉的两朵
此刻若是风将我们吹开，我们就散开
它要是叫我们挨在一起，我们就相爱

夜　读

从爱上一个理想的人开始
爱上他，身体内部
隐秘凹凸的山水
身体之外，辽阔起伏的
祖国

我的爱因痛苦而幸福，像黑暗中
仍需借助外力发光的天体
因他不断地沉坠、进入
而产生了被托举到天心的轻盈

山中雾气

山脚荆棘丛中，也开得柔软的
颜色相近的两种白花

半山腰突然发出声响的
一条清凉小溪水

山顶四面隐约有形的风……

——它们的单纯
来自哪里

它们的单一
仿佛是以我经过的喘息
和节奏
在雾气中。忘了你，想起你

想起某人

我猜布谷鸟一定也喜欢
三月的雨
它们藏起声音，躲进香樟
与芒果树枝叶间的阴影
是陷得太深
而能够直接说出的太少
像心绪起伏，淡粉冷静的月季
有时怔在窗前或
檐下听雨

雨经常淅淅沥沥地落下来
偶尔，哗啦哗啦地
落下来
那些树的叶子、花的花瓣……
会在一个人目光的凝视下
发出湿润的反光
我因此猜测，在所有看不见的幽暗中
也许都亮着一盏自洽
而轻易不示于人的灯盏

我还猜想，只要我跟布谷鸟愿意

我们就可以通过适时地

沉默到底

摸到那个干燥的开关——

让南方的雨下得跟

北方的雪一样，茫然、深情而无用

辑 二

睡前故事

睡前故事

一天进行到这里，是身体最疲倦的时刻
也是内心柔软到似乎
足以接纳一切的时刻

我以最轻的力度，紧紧地搂住他
为自己竟然没有像糖瞬间溶化
感到孩子般惊奇
并和所有母亲，为这极小的真实
以为大确幸

一个母亲。在成为母亲以前
究竟要储备多少故事
才能在黑暗中，神色平静地入睡、醒来
并悄悄藏起梦中穿越过的沙漠

只教他辨认一粒沙子
如何细小地存在。在每一天的晨光中
在又一次伸脚就要穿进去的
新一天的鞋底

一种渴望

我曾以为下雨的最好状态
是雨不知何时到来
等从一夜的睡梦中醒来
或突然离开眼前俯首的事物
才发现一场真正的雨，在我之外
已经真实地来过，真实地消失不见

那时我十几岁，对所谓人生既信任又怀疑
夏天的许多清晨
走在去学校的潮湿路面
或清冷的冬日黄昏，一个人循着水渍回家
总觉得那悄悄来过又迅疾离去的雨
如同神秘的
不能开口现身的命运
他想告诉我一些生活的道理
最后只留下了时间匆匆流逝的痕迹

现在我人至中年，回头看那敏感少年
蹲伏在绿化树旁观察，一群逃窜的蚂蚁
偶尔抬起头，眼睛里的那片天空
突然涌现一种暴雨落下的渴望

现在我人至中年

望向长空有如长路，几片云朵的飘荡由来已久

仿佛心底最轻最柔软的隐秘

仍旧充满，一种暴雨落下的渴望

夜幕下的松溪广场

夜幕下的松溪文化广场，发散出一圈圈
毛茸茸的淡光
这触觉的、抚慰人心的细碎光芒
或许来自霓虹交织，或许源自
我们曾共同仰望的，那一面静谧的星空

这一方小得不能再小的县城腹地
令人暂时忘掉宝剑、古瓷、版画
耀眼的象征之物，而仅遵从内心：
看老人在路灯下，散着他晚年的轻步伐
男人和女人搭档唱跳，以娴熟或生涩试探彼此
暧昧中第一次到来的中年
孩子们追逐同一个皮球，仿佛那是整个童年
要为之倾尽体力与想象力的
唯一发光体

哦，置身于这分宁静的晕眩中
旁观者仍看不清他们的脸庞，而更加好奇
庸常而叫人心安的生活
应该是什么模样的
当其中一个孩子把皮球抛到我脚跟

像另一个我，从不远处的对立面弹跳出来

一句话也不说，就把那只自带弹性

或神性的皮球

拿了回去，重新在手和脚之间

天真地传递

深水潭

那一潭似乎深不可测的水
横在童年之河的
某个湾口，像祖父的脸
从出生之日起就已十分
幽深、平静

从这边到那边，没有别的路
只有潭水之上
仿佛自然伸出的一只援手
或某种危险的引诱
——悬空的一块巨石

神秘静止的事物像祖父
不怒自威的脸
时常令人感到渺小，心怦怦直跳
同时又暗下决心
要去试探、挑战

那时就是这样，充满无邪的征服欲
从这到那。跨过那潭祸福难测的水
没有特别正确的目的或主义

穿过我，让我无助、踉跄地爬下青春的桥栏

匍匐在地上痛快大哭

让身体里的小孩儿，再次爬过泪水

河流、群山……以及无尽的黑夜

获得生命那么漫长的时光

恍惚重新回到

母亲的子宫：柔软含混着坚硬

——这听不到声音的回答

——这最初的爱，与伤害

奎光塔与银杏树

——给山顶朗诵会来不及开口的那个

当我抬头看奎光塔，并期待
看出些什么时
银杏树的叶子从高处，一片一片
往下掉
如一个个语词，沉默且滚烫
扑簌簌地从喉咙飞出
在青草地上泛出，金黄而易逝的光泽

诗是什么？
一群不请自来的人，秋风中各有腔调
开口诵读，落叶一样触到自己
藏于几行断句或几根莠草间，裹着黏湿泥土的
隐秘的根

它会以什么姿态再次跃上枝头？
想到了此行的初衷，她竟隐隐有些担心
那个听凭有限，再次从山脚
循着花木气息
正埋头往上赶的人

我们的音乐喷泉

——给女儿

这突然涌现的欢乐。不时从光线暧昧的
虚空中
随节奏，音乐般喷射而出
如真实的、围观中的人群，并不确定自己
在看什么
却被一层更大的，迷幻的光影
笼罩且吸引

这不断被呈现的，形状变幻可感的魔术
仿佛真的来自我们
所站立的
地底。那蕴藏无限可能的平静
或我们怀中平平无奇的孩子，发出的
小小的惊呼：
那出于天性的信任和好奇
那一种真正古老得，几乎就要绝迹的
奇迹之上的奇迹

这短暂的、易碎的、重复的水柱
以不知疲倦的、轻盈的托起，安慰着一个幼小的

长期生着病的孩子
这永恒的关于爱的创造和不可能
以跌落，重重地安慰了
一个更紧搂住柔软命运的母亲

江滨的萤火虫

夜间江边风更大了
吹得水中苇丛摇啊摇

他的小手，紧紧地握着我的
片刻的静止
我们一起蹲伏。仿佛是
两只短暂离群的
萤火虫

孩子，我们需要足够的
安静和耐心
发光的精灵才会
自黑暗中现身

亲爱的孩子，我手指的月亮
那么大，那么亮
但真正需要你用整个童年
去追逐、捉住，又轻轻放开的

是如萤火这么微弱的
那一点点

不可思议的光亮

以及由此而来的耗损

裁　切

忘了为一个什么不得不的理由
她需要裁下一张白纸

尺子、小刀、量角器已经存在
连同那张被选中的白纸
平静地铺在桌面
那么白
看不出顺从，也没有抗拒
像他用目光在她身上逼近打量
没有强迫
也不存在恳祈

她先是小心地裁下一小块
顿了一会儿。又拿起剪子
裁出另一个想象中的形状……
仍不满足，两只手最后齐齐伸出去
摁住那犹疑不定的空白，与心跳

终于裁好了。她坐在那里
眼神却怔怔地盯向别处
说不上高兴或者难过

像一张麻木的白纸，会因为不断被
裁切
而失去什么吗
像一个突然感到疼痛的人，会因为
裁切了一个完美的
空白
而暂时获得什么吗

森林里的一棵树

珍贵的愿望往往来自不可能
如果可以，我愿意与你再次走进
那片迷雾冲撞的森林

不为碰触不可把握的爱
不为了品尝两颗浆果
露水轻颤的拥抱和散发酸甜气息的吻
不为了好听的鸟鸣，不为那一两个真实跳动
而从胸腔内发出欢呼或悲鸣的心
不为最后一次离别，不为
离别之前的重温

我只希望在又一次与你走失之后，不去找你
爱惜仅有的叶片那样，爱惜伤心的眼泪
怔怔地留在原地
时间久了，就变成一棵真正的树

像森林里的其他树，平静地过完这一生
刚发芽就死去，是平静的一生
刚开花就凋谢，是平静的一生
叶子终于一片一片往下掉

还没掉到你的脚边

抚慰你，与其形容为脚印留下的疲惫

不如说是泥土凹陷，眼神中瞬息闪现的失落

那么漫长空荡荡的……也是平静

而值得庆幸的一生

在深夜的洞头海边

我们都相信，彼此还可以待更久
要不是海风一遍遍劝慰
形成某种无形的吹拂

与其说我们在海边大排档
一直坐到了不得不离开的时候
不如说，一种浪潮般的微醺
不断从深处涌来
轻轻拍打着你我，不知为何
突然再一次绯红的脸颊

我们一直坐到了最后
话语中柔软的部分，始终含着
经过反复磨砺
某一刻竟从身体缝隙发出了
微弱又轻盈的光

到最后。我们终于起身离开
像浪花一朵连着一朵，消失于黑暗
摇晃的水面

以碎裂的决心
平静地返回各自身世的大海

雨中有寄

夏天的第一场暴雨
突然就来了
这突然，仿佛中年人午后
昏睡的觉醒
觉醒瞬间，茫茫一片的羞愧

那雨从天而降，顺势而下
又悄然淤积。生活的某个角落
动情如同旧世界的第一场新雨
而在羞愧的人眼里
这雨也是刚刚落完的，最后一滴

我的心情，是想要放开自己
去淋雨
又感觉每一滴从眼眶冲出的雨滴
都像是替你在发出沉坠的呼唤
或碎裂的拒绝

同龄人

你二十岁时初入新世界的羞愧
是我初入这人间的羞愧

你四十岁时独坐湖畔
已能从一场大汗，众多鸟鸣
和垂柳的倒影中
浮出干燥的自我
而我刚刚踏入塑胶跑道
接过，你递来的青春棒喝

当你六十岁，在高处
我正牵着孩子，松垮的自己
紧绷的自己
爬一座中年的青山，落叶纷纷
增厚未知小径

你终究会迎来有序的八十岁一百岁
我依然会领受，生活无尽的安排
你我之间，仿佛一条河流加速形成
瀑布
永远隔着 20 年的落差

多么叫人感伤的落差啊

只要坐下来，一阵从书中吹来的风

就会把这巨大的空白

吹成雾茫茫一片

只要我俯身，像童年踮起脚尖够天空

这小小的裂隙，就是一滴委屈

而喜悦的泪滴

在眼眶来回滚动，倔强地

不肯落下，轻易融化于命运微幽的掌纹

一个人玩纸牌，想起某人

坐在我面前，隐形的
用命令的口吻
请求我用手中扑克牌
搭一个小房子

一座可供反复推倒
重来的迷你城堡
从孩子开始，人们持续迷恋
这无中生有的游戏

游戏中的无所不能：
多人围坐可竞技升级
三个人斗地主
两人接龙
一个人呢

一个人，在虚空的博弈中
一点点被填满，直至消失
直至你凝视，从对立面浮现
才发现这繁复图案、断裂掌纹
爱里天真的算计

窗外负重而轻的风
与南方湿润多雨的气候
组合变幻出一副欲出
又止的好牌

林中小屋

在无人的山谷
有一间林中小屋

童年时我曾沿着野莓的香气
幸运地来到它面前

哦，整座山林满满当当
而我没有勇气推开
那扇轻轻的木门

哦。整座山林空荡荡
当我再次原路寻回
已不见当初美丽的小屋

现在我爱你。我能请你和我一起
去找这间小屋
这座深林吗
我们在里面，住一个晚上
什么话也不说，什么事也不做
只是静静地，等

天亮

一首诗，终于完成它未完成的部分

深溪：献给流经我们生命的那些河

一开始我也深信不疑——
这听来仿佛是一条野生河
天然的命名

所有人都这么叫唤时
她自己，竟也几乎
信以为真
以日夜不停的流动喧响
回应石头
堤岸、村庄
一样顽固的外在世界
仿佛奔突、流淌，本是她
从源头起就该自觉
领受的、真正的命运

而源头在哪？
薄雾中，看似偶然的积聚和
消散的必然之间
如两山夹峙的记忆峡谷
凭空生成一条新的、恍惚的

存在的细流

那么普通，那么神秘

同 类

早晨我离开家门
史前兽爬出洞口
他毛发旺盛
我有黑眼圈
他感官发达，脚掌底下尽是路
我以寡言防身，遵照地图导航
他不确定下一次的饥饿感
但清楚哪有可兴奋的口粮
我终日饱腹，食尽山海不知味
夜晚到来
他拖拽日月星辰回到
黑漆漆的洞口
我脱下霓虹织的外套
放出豢养千年的孤独
在不同的梦中
我们髭须相抵
每一夜都是降临之夜

充满困境的午后

空气中确实存在着四面无形的屏障
让这个异常闷热的午后
显得愈发逼仄
让一丝外在的风，都无法轻易进入

我坐在我一个人的房间。不开中年的空调
也不吹童年那把
一打开，心上就"呼呼"作响的风扇

不去想，也不去不想
就那样当然地坐着，就那样
奇怪地坐着
似乎有意在感受窗外某棵高温下
纹丝不动的无名绿树：
它持久的忍耐，以及不经意的
偶尔的、神经抽搐般的叶片颤动

最后我成为，我自己的汗滴
从我的额头、我的鼻尖、我的脖颈
从我身体隐秘的某一处
敞开的每一处

悄无声息地重新生成、滑落

那样自然，又那样羞愧
融入这个许多年前不知不畏
许多年后或许不值一提的，庸常至神性的午后

赞美诗

她不相信两点之间，直线最短
做一件事必要依循有限经验
和内心的单一秩序
弯弯绕绕
节假日回到公路已通达的乡下
上山采摘野油茶籽，仍喜欢
抄充满荆棘和泥土的小道

她有她近乎执拗的朴素
买菜时更信任长虫眼的瓜果青菜
饭要趁热吃，小孩的衣物要一件件
双手搓洗
心里堵了，在密闭的房间待半天
出来就通了

有一天提前回到家中，看见她
在两个孙子午睡后
一个人倚靠在沙发上，抠着几个指头
无聊的指甲
午后漫长的光照穿过阳台直射进来
仿佛在暴晒另一件被岁月反复漂洗

折旧的衣物

那空气中因飘荡，几乎就要碰撞在一起而
发出声响的两件晾挂的
褪色薄衣裳
让我快速低下了头
一首对衰老、委屈、劳作、平静
爱和默默无闻的赞美诗
因不能脱口而出
而倍感羞愧。比第一次憋红了脸
从喉咙里对她喊出一声"妈"
还要羞愧……

迷雾森林

我并没有真正进入
任何一片树林
我的双脚没有因此踩到
其中一片，因彻底放空自己
而沙沙作响的落叶

我没有摆脱我唯一的影子
那灰白光辉下近乎固执的暗影
与羞涩
我没有找到一片空地
足以放下内心包袱：
多重身份的爱或责任
以及琐碎的、不自知的困惑和厌倦……

我又仿佛没有包袱。当我伸手试图去碰触
那些重的、大的、黑色的、无形的
在茫茫然，夜的无边森林只摸到了
真实的树木一棵连着一棵

他们有的先天带刺，划伤了我的皮肤
中年的身体因而渗出血渍

像母亲曾抚着我童年的结痂淌下泪滴

有的则挺拔

如一个理想而沉默的爱人

允许我停靠休憩，带来的短暂抚慰

给我希望

也令我陷入虚空的、无法双手环抱的绝望

辑 三

微颤的生活

母　亲

如果我是她的丈夫，我应该穷困地坐下来
在她身边
一句话也不多说
像空气，安静地让
她把那一刻的血、那一刻的眼泪流完

如果我能再次成为她怀里的婴儿
我要止住我生长中躁动的
莫名的哭泣
要干脆吮吸她的乳头，用眼神深处
无邪的贪婪
给她一直向空白生活索取
或偶尔妥协的蛮力

如果我轻易是她。如果我正在
艰难地，成为另一个她
那么请你要爱，就务必缓慢地爱上
这个始终小于一个的
面容模糊的女人
——她的全部
像她的孩子一整天小心地

明亮地爱着雨后草丛爬出的一只

不明来历的非洲大蜗牛

微颤的生活

我常戏谑你，傻瓜
其实你是天生的聪明人
与街上的大多数相似
温和，寡言，不深究
危险的关系
像远处的纷争，近处的爱情
每当我这个真正的傻瓜向你
抛出一连串的质疑、诘问
季节向我们抛下冰霜雨雪
你总以沉默之刃抵住
这左右手互搏的矛盾
末了，拿起案上久置的苹果
用笨拙的刀削去无用的皮
削弱共同抚触过的温度
一分为二，一半递给我
一半递给微颤的生活

我们羞于提到爱

我的妹妹年轻又漂亮
像二十几岁本身，充满天然善意
她的苦恼在于每一餐吃什么
以及等一个牵手的人
她有时也会问我，该找什么样的
另一半。怎样才算好的婚姻
她露出的小虎牙，直勾勾盯着我
这焦灼的人妻和母亲
我忙不迭避开那清浅的眼神
仿佛那里闪烁着星光和一些
令静夜感到羞惭的事情，仿佛我知道
屋檐下两颗水珠，訇然坠落的原因
却不能把答案告诉破门而入的人

三十岁的她

一个月总有那么几天
蒙受了天大的恩宠一般
想把这有愧的荣誉分赠出去
一些给丈夫，让他更像丈夫
一些给孩子，让他更像孩子
一些给父母，让他们更像
我们的父母。
他们眯着眼睛看过来
好像要穿过好妻子好母亲好女儿
找回她，她少女时
挂在脸上的淡雀斑，不施半分妆容

奶奶那一辈

她们生来是片片叶子

不怀疑生活，信奉
脉络里的命运

春天的风、秋天的风
夏天的风、冬天的风
都是天赐好风，都可以
将她们从枝头，轻易
带回人间

她们的羞惭，与生俱来
抬头望天，太阳红扑扑
垂下头去，月光便散了一地

男人们对着屋外的田野、山林
许她们一片虚构的大海
以及此生，扑面而来的浪潮

后来人因此获取
经验中，最初的盐

我只想获得一个吻

整座房子静悄悄。孩子们已睡着
我是不想睡
也不敢哭的那一个

坐在黑暗中，抱紧孤独的两个膝盖
仿佛童年的墨汁
确是我出于故意打翻
任由那污渍蔓延
晕染松木桌子，刚收好的黑字欠条
以及父亲心爱的
洗得泛黄的一件白衬衣

那片污渍竟然有那么大
怎么擦，也擦不掉
爸爸妈妈妹妹全都跑过来了
一家人头挨着头，紧紧地挨着
一边叹气一边想办法

看着他们紧张的模样，我突然就
笑起来了
我想因此获得责骂，获得啜泣后

蜻蜓点水似的

一个吻

就像后来。我张开了双臂

并不为了拥抱一大捧动人的玫瑰

我只要你慢慢靠近，用那些细细小小的刺

深深浅浅地把我扎疼

小花园

在三十几万人口居住的小县城
我们的房子依然很小
远离中心广场，如鸟雀衔来的一粒籽
落在花坛边缘

有时妈妈和我在里面争吵
那些离间我们的，捆绑我们的
总让人想哭
可空间实在太小了
受伤的两个人，只能在彼此眼眶打转
最后泪珠碎在一起

有一回我发现阳台挤挨的盆栽中
多了突兀的一盆
什么花也没有，寻常杂草随风摇摆
想起不久前一起从乡下返回
临行前她去废弃的菜园子
装的一袋土

转身见她正低头逗弄外孙
越来越多的白发

正紧贴黑发无声生成

啊，这明晃晃的，长久隐秘

空出来的一片

是季节一丛。由疏转密的孤独

是孤独随风摆动

轻轻浇灌身下，幽暗花园

婆　婆

我也喊她妈妈，语气的停顿中
却多了一分克制

我跟她的儿子相爱
最后组建家庭
生下两个孩子，喊她奶奶

因这一声"奶奶"
我们住在了一起
因此有了锅碗瓢盆的碰撞
有俯身捡拾碎瓷片时，手指
轻微的颤动

我也喊她"妈妈"
她也像我的妈妈，带大我那样
隐忍而心疼地带着
我的孩子

啊，所有的孩子都在天真地成长
他们一会儿喊奶奶
一会儿喊妈妈

他们还不知道她们有所区别
他们在叫唤声中，获得了同等的
爱的呼应和
不满足

当她们同时转身，平静的表情
几乎让人相信
是同一种朴素的命运
形成不同的美，或斑斓的疲惫

翻花绳

后来，和我一起玩翻绳游戏的小伙伴
在单色毛线从一个
传到另一个手上的过程中，不见了

后来我手指一翻，生活的图案
就彻底地改变了

许多次在梦里，我想替哭泣的妈妈重新捡起
散落一地的、各种颜色缠绕的毛线球
我想剪下其中一个色彩的随便一截
取出她青春岁月里无怨无悔的一小段
打个死结。套上十根天真经验的指头
一个人翻仿佛永远不会结束的花绳

我想给她翻个降落伞
我想象那是一柄，真正的降落伞
当心中静默的风吹动，右手的大拇指和食指伸直
贴近、轻轻往下一勾
就能带我们一起真实降落。回到一种沉闷
而规则简单易懂的生活

爱

母亲告诉我
她和父亲结婚时很穷
但还是揣着 20 元嫁妆
去了一趟鼓浪屿
他们乘着木筏
到岛上逛了一天
吃了海蛎煎、沙茶面
风很大，人很少
父亲在沙滩上
为她擦脚上沙子
临走时
在一株三角梅前
舍不得拍一张几毛钱的照片

我告诉她
我们结婚时也要去鼓浪屿
她笑我跟风
我不说话：
我多么希望跟上三十年前
那阵柔软的风啊

我多么希望，在一株安静的三角梅后

找到父母亲年轻时，那一对涨红的脸

1993 年的雨

一些雨很轻
下在秧苗身上，秧苗只是微微
抖落一串又一串
透明的水珠

一些雨很重
下在父亲身上，背上蓑衣湿漉漉
长久地弓着
老黄牛费了很大的劲才
从淤泥里抬起脚，连绵不停的雨又催促着
再次低下头

一些雨不轻，也不重
默默下着
打湿脸，打湿头发
打湿衣裳，打湿鞋
走在中间的母亲一点也没在意
她从乡镇卫生院出来，不需要人搀扶
她肚子里就要七个月大的弟弟
刚在一阵"哗啦哗啦"的雨中
哭了一阵

被扔到角落一边

不一会儿就没声了

仿佛世上最小的痛苦，从没有来过

小城夏夜

令人感到温暖的事有许多
比如，近视的眼睛，抬起头
看见大颗的星星
比如，星空下面，陌生人
互赠笑脸，说方言如哼小调

河水绕城而过，霓虹一路闪烁
木栈道收藏了脚步，目光和絮语
熙攘的街道，汽车和行人依偎
广场上人间烟火，独具脱俗之美

母亲与我并肩走着，紧紧挨着
像小时候，她领着我走过寒夜
多少年过去了，我们依靠的姿势
还是那么孩子气，那么自然而然
仿佛心底倔强无声的对抗，仿佛
——母亲年华正好，而我
并没有长大，不懂得晚风的慈悲

一次雨中漫行

在凌晨，空寂幽暗的街上
走着……雨突然落下来

雨。从无到有、由缓至急
自高处落下
好像小悲哀和大悲恸约好了
同时击中那个刚从医院
垂头退出来的人

她的体内，女儿、母亲和自我的身份
正反复地分割、切换
而双手空空，没有多余的
伞，多余的遮蔽物

雨越来越大，她想像从前那样
轻。跑起来寻找
暂时的避雨之所
或干脆一切逆流，回到让人身体苦闷
但内心感到持久干燥的地方

而雨根本没有要停下的意思

就像小悲哀和大悲恸从开始

就约好了一样

一前一后，一左一右

牵扯着

制约着。这座中年人形暗涌的湖泊

笑一个

笑一个。约等于在惹人落泪的生活面前
摁下一次暂停键

爸爸，我们始终无法摆脱生活
无法摆脱阳光穿透枝叶
降下的狭长暗影

"我的身体我自己知道……"
我们无法摆脱病痛。但还可以面对面
笑一个
从医院回来的路上，避开汽车、人群
化疗，这些令风不自觉
加紧喘息的事物……
你的手有时触到我的，又缩了回去
像年轻和衰老并肩而行，小心避让
共同拐进日常生活的林荫小道

像我们的先祖，曾光着无知而渴望的脚趾
踩过一个宗族幼年时期清瘦
并不十分光滑的卵石路
沿着那凹凸的、疼痛的指引

我们也会一前一后抵达，一片大或小的水域
或一个院门敞开的家园
那么安静，那么让人想要跪下
偿还最后一滴真正的泪

回南天

不要过分渲染，不要再有
昵称，梅雨时节或亲爱的

像水蜜桃，保质期一到
就从最为亲密的
内部，直接腐烂
将简单粗暴的美学，贯穿一生

因此不要怀疑，不要哭泣
不要摔门而去
过了很久，又带回他或她
爱吃的肉菜和水果

你看，窗外阴雨连绵
院子有一小片空地
孩子们穿着鲜艳的雨衣
是被大雨冲刷过后的
不谙时令的纯净

一米阳光

在你那或许是短暂而珍贵的情感
还是别的一些值得
用一生去换取一瞬的什么

而我要说的，是一位年轻的父亲发起的
一个特殊的微信交流群
他的孩子出生即患有婴儿痉挛症
曾踏破求医的阴影
此刻仍走在渴求被一种
痊愈的阳光偶然投射的路上

这个群共有 495 位成员
小女儿出生没多久
我也成了其中四百九十五分之一
这是什么概率呢

这个群名是"一米阳光 08"
此前也许还有"一米阳光 07"
此后可能仍有"一米阳光 09"
……
我是其中不计其数之一

这是什么概率呢

我不知道。相比每年不断上升的新生儿
患难治性癫痫的大数据
我算不幸吗
相比大街上、公园内的二胎父母
越来越琐碎逼近的笑脸和问候
我该流泪吗

我不知道。我只知道生活中的爱
与疼痛从来都不是
统计学能够精确计算的事
医学上以神经罕见病
统称这些被命运选中的孩子
而群里的父母，以普通人一点一滴的
记录、问询、相互鼓励
心跳加速、沉默
一次又一次的辗转调药、检查
平静接受
漫长的等待
抱住这血缘中、极小概率的百分之百降临

入住浦东儿童医学中心的第一个夜晚

待在附近廉价的宾馆，熬了许多日夜
终于拿到了清晨
露珠一般清凉、珍贵的挂号

这家医院如同这座城市
东南西北的人，带着各自的病和爱
纷纷聚到这里，像纷纷的黄叶
一遍遍，催促着换季的疼痛

小小的不谙世事的婴儿，整夜啼哭
她的病房内，还有五个同样
悲伤的、被命运以小概率选中的伙伴
她的父亲抱着她
来回踱步，在走廊尽头轻声
哼唱安抚的歌。穿粉色外套的护士
目光比夜灯还要镇定，偶尔出入
某一间病房，仿佛天使循着哭声和
呼叫，来到寂静的人间

对时间感到无能为力的人

很多时候我都怀疑医院的钟表
那挂在白墙上的时间
和外面使用的，是一样的吗

为什么有时它的时针，不为所动
像头顶那瓶悬空的输液瓶
不为谁频频抬头，而心生恻隐

而有时又滴滴答答，秒针带着心跳
用力追赶着时针
像病床上紧张的痉挛，引发了疼痛的共振

在静得只剩下呼吸的下半夜
25床的小男孩突发休克
被送进抢救室，我盯着天花板
感到体内的计时器，也在一阵哄乱中
耗尽了虚脱的能量

而当陕西的洪欣怡因药物不耐受
昏睡了一天一夜，终于睁开眼睛问
天怎么一下子亮了

我抱着女儿走到她身边，像凑近两个
珍贵而易碎的沙漏，以此校准内心
跨越山河大海产生的时差

流水的悲伤

那个水龙头一直开着
水一直流着……

水一直流着，水下一双枯瘦的手
攥着一个奶瓶，十指通红
裸露的奶嘴渗着白色的奶液
像无辜的婴儿，涎着口水

我就站在老人身后，也握着
将给女儿带去安抚的奶瓶
我们每天都会这样在开水房相遇
清洁，流泪，把滚烫的开水调到
适宜的温度

水一直流着。柔弱的水不停地
叩击着金属槽面
一些不小心的水花喷溅出来，我不忍上前
提醒，也不敢无声催促
我只知道，只有让她把心里的水慢慢放掉了
眼前的流淌才能继续，洗刷一个又一个疼痛的奶瓶

有多爱

在飞速成长的他面前
我时常幼稚、敏感
如同一个失败的成年人
从生活的隐身术中
揉着眼睛醒来

我亲他，抱他，给他甜甜的糖
我也卸下妆容，把雀斑、皱纹
连同不自知的疲惫
袒露给他，并拥他入怀抱
——你爱妈妈吗

他当然会说爱，而我当然
不满足。继续盯着他的天真追问
——有多爱

有多爱啊……这可真是个深情的傻瓜问题
是自大的母亲和自卑的女人同时
站在辽阔茫然的湖面，抛出一个小小的石子
那无辜的涟漪层层泛起、扩散

仿佛是对一个弱小者进行

纯真心灵的第一次拷问

夜里睡不着，想到父亲

其实不算太晚，星星挨着
星星，大眼瞪着小眼
毫无困意，月亮也一样
一会儿钻进云层
一会儿，就从被窝
伸出凉凉的
脑袋

这时我想到父亲。他要是也睡不着
一定会从床头，暗中摸出那个
白日买酒附赠的、孤独廉价的
打火机，把整个宝贵的夜晚
一滴不剩地，吸入胸腔

辑 四

小镇青年

樱桃李

快要经过她面前时，我喜欢放慢
我的脚步

她不知从附近哪个县城来（带着熟悉的口音）
四季都在这同一个小区门口
贩卖时令水果

桑葚、葡萄、龙眼、荔枝、青芒果
永春芦柑，德化梨……

我喜欢风在当时仿佛不经意吹着我们
吹出一些
小而异样的声响，以此避免
两个陌生的人，共同俯身的局促

我喜欢故意讨价还价时，自己像一个真正的
年轻女人弯下腰
在她老来有限的箩筐里辨认
生活原本质朴的哲学

我也喜欢她用笑容和皱纹保证

很甜

不甜不要钱的羞涩

而樱桃李，究竟甜不甜

这是一个曾经长期缺乏甜蜜经验的孩子

并不真正关心的问题

小镇青年

夜间散步。在木栈道上听河水
两个中学生的谈论也像一条细流
不觉汇了进来

其中一个激越，谈抱负谈心爱的姑娘
不明白每月一封上万字的情书
为何仍握不住，一双柔弱的小手

另一个平静，语调顿挫仿佛更在意如何
融入部分目标人群，又在必要时
毫不犹豫地选择离开

他们相互辩驳又相互安慰的模样
在昏暗路灯下，在哗哗流水中
多么像两块青春的石头

每个小镇似乎都有这样一条
无名的小河
白天顺势流淌，到了夜里
就会纠结。会撞击
发出源自内心的声响

每个小镇应该都有这样的青年
河水经过他们，坚硬又古怪
神情清澈到还不知天高地厚

——

青春的流速因此得以观测
往后茫茫的人生奔流，也几乎同时
隐秘地分叉出走向

盘山公路

带着对高处风景的向往
汽车从山脚出发

道路分开的两侧，林木交错
浓荫在我们之前早已形成
而遍地野花野草无知
更在地表深处
尽情枯荣几回

一条不断向上的盘山公路
时而引人长驱直入，时而
九曲十八弯
徐徐旧风终于摇下车窗，不免增添伤感
——应该用脚底细纹亲自丈量啊
应该用细纹，躬身开辟另一条幽径

在半山腰车轮戛然而止
像读你读到撕裂处，便不再深入
也不立即起身折返
任那鸟叫虫鸣，峡谷在眼前
随暮色艰难聚拢

带着对高处风景的向往，我最后

转头向下

身　世

我不是今生的蜜蜂。也并非
转世的蝴蝶
想起那些桃花，那些红粉
那记忆中的野蛮香气
竟缥缈如同上一个世纪

那时春天并无不同，桃花美不自知
爱我的人从树下缓慢经过
将甜蜜的伤口，从枝头纷纷
带到山坡和田野
遇到好年份，庄稼一样
结出果实酸甜

此刻她们还在那里
和公园的樱花树混在一起
美得多么恍惚
隔着一段适宜观赏的距离
让我怀疑，我们是否拥有过
一个世纪那么长的情谊
又或者，陷入短暂的记忆困境
只是春风得意的小把戏

阿　东

我们是第一次见面
在一家连锁美发店
他很热情，不停地讲
辍学、离家、游荡
如何从内陆来到沿海
这是他的第七份工作
每天给不同的客人洗头
最多一天能洗二十个
他说，我的发质柔软
像不曾远游的本地人
我们一起发出笑声——
这四川来的年轻阿东
和我之前遇到的
推销保险的湖南阿东
办信用卡的甘肃阿东
有着相同的模糊称谓
并借此融入涌动的人群

五月闯入江南公园

风爬上我，在身上蠕动
藏在耳后的马尾，被偷偷松了绑
今日阳光是五月最好的一日
自行车带我拐入江南公园

晋江水从旁流淌
大桥上车声鼎沸
在这名为公园的江滨绿地
鲜少有人出没，而
花啊，草啊，树啊，鸟雀
不断涌来，像游客
尽情地窥探我

它们的目光自在，随意
显得我多一本正经
仿佛经由花匠之手，修剪过

远去的背影

事后想起，许多事情早已泄露踪迹
像风不听使唤地吹，像瓷厂
说关闭就关闭，晚霞中的红蜻蜓
曾沿着池塘漾开的水纹，久久低飞
堂叔，伯父，姑姑，堂姐……
相继从那扇铁门走出，脸上是一色的
暗哑瓷光。爷爷多次坐在廊檐下远望
手心空空，没有度日的报纸和茶壶嘴
某一天突然闷声叫住我，一句话也不说
我独自踢飞路边碎石，绕过那堵矮围墙
看见攀爬的土鼓藤茂密，风在剥落墙漆
守门的高个青年正转身离去
冬日的村庄，天光率先垂暗
——远山平顺，田野有序
仿佛被一双先辈的手，轻轻捏住
蘸进暮色的大釉缸，来回荡了几荡

瓷　花

一双生活的手，要经历多少
才会改变温软的天性，生出动人的茧
一双粗糙的手，要经历多少回被塑造
才能变得柔若无骨，没有痛感
去磨平器物的毛刺与棱角
就像命运无觉，仅仅是作为一个表征
而山坡上的花朵们无名无姓
依靠外来的风，吹落季节的雨水
以此在潮湿中瞥见自己
就像她们低头坐在光线昏暗的捏花车间
不断揉捏眼前的泥土，直至成型
直到他们长大成人，纷纷远行

梦里人

那个看管仓库的人，他还没打算交出
一长串的钥匙，以及午后打盹的秘密
那个埋头制作瓷坯的人，他还没选好
下一个模具，以及柴米油盐的原型
那个盯着窑口出神的人，他还不确定
煅烧的温度，以及命运将出炉的成色
那些瓷土一样温软的人
那些瓷器一样透亮的人
他们招呼也不打，径直进入我的梦
在我的梦里对号入座
像我小时候，突然蹿到他们跟前
捣个蛋或讨颗糖
我们各自愣了一下
不一会儿，就笑出声来
只是这一次，笑着笑着
眼泪也跟着落下
只是这眼泪，不咸也不甜
止不住，也抓不住
留我在原地手舞足蹈像婴儿，哇哇大叫
听不见世界的回声，心中不知是喜是悲

无名绿植

金心吊兰，黄叶绿萝，富贵竹
仙人掌，常春藤，鸭脚木
每个角落都有属于自己的植物
每株植物都有属于自己的名字
风或者其他一些响动发生时
属于我的房子，发出不属于我的香
在它们摇曳的，探询的余光中
我或许也是一株植物
或许会开花，或许不会
或许有命运的五指山伸来
或许没有

我曾犹豫，为了所谓生长秩序
最终拔掉绿萝和吊兰之间的多余
我多像那兀自生长的小植物
可能将因籍籍无名被连根拔起
但结出的果实一样的困惑
早已沉甸甸落入泥土
暗自生根，形成新一轮命运

奶茶店听雨

学校旁的小店，两个穿校服的女生
短发靠着长发，嘀嗒嘀嗒
雨落在橱窗玻璃，她们偶尔望着
不出声。
我一边听雨，一边看墙
上有一张心形便签，字迹半干：
他来时，我视他如神
他走了，我告诉自己
他也不过是个普通人
会突然生病，突然长细纹
突然厌倦了喝惯的拿铁布丁

我低头抿了口梅子青
凉凉的仿佛回到某年夏天
也有人经过我，像风经过其他人
他照亮我，像日月星辰
不消失的背影

西街面线糊

我怀疑面线糊没那么好吃
汤底不是大骨悉心熬制
软的线面散着机打的热气
它的老搭档们：
卤大肠、猪血块、嫩蚵仔……
个个脑袋耷拉，神气涣散
母亲也许是在回味中加了调料
她声称钟楼往西不到 100 米
左手边第二个巷子口
有一家老字号的"西街面线糊"
门面有些寒酸，但该有的滋味全有
1986 年小寒，她和父亲经人介绍
一前一后走进店里，低着头
滋溜一口下肚，就爱上了。

捉迷藏

七岁那年
夏天的影子很长
我和小伙伴玩躲猫猫
其中一个捂住眼睛数数
其他人在院后东逃西窜
一、有人钻到柴火堆
二、有人趴在草丛中
三、有人爬到树干上
……
我小跑到不远处
藏进一个旧瓮里
在心里默数了好几个一百
还是没有人来找到我
天色慢慢地暗下来
迷迷糊糊间
母亲把我抱了起来，轻声说
你藏得真好
我揉了揉眼睛，见她头戴星光

大坪山公园

那时我们住在云谷，熟悉大坪山公园的
一草一木，就像熟悉内沟河边
干净的早餐工程车，一块白布掀开的
热气腾腾的清晨

每次都有人比我们早到。像山脚的白茅
每次都先于晨练的人们，在发梢儿
悄悄挂上，晶莹的小露珠

而我们总按照自己的步子，一前一后
经过石阶，土坡路，木栈道
青砖城墙，凉亭，摩崖石刻
如同两旁的三角梅，遵循内心的喜悦
引领脚步抵达，美的目的地

那时，我和妈妈常背靠背坐在山顶
望着山下，薄雾渐渐四散的城市
想象着又将到来的、新的一天
吹来的每一阵风，都替我们发出了
嫩绿的、青草一样的呼吸声

芒果树上的男人

他爬上树，
被画面逮住了。
冲着镜头腼腆地笑，
这个年近四十的男人
像做了错事的孩子。
怀里的果子涨红脸：
天气闷热，老婆怀二胎
惦记着这口酸甜滋味
……

他向记者应承
再也不攀爬行道树，
转身沉甸甸地离开。
我想，夏天结束以前
这些北方来的打工者
还会回来，爬上经验之树。
就像这南国街边的芒果，
年年以固有的方式
成熟，或者自然脱落。

对一颗桃子全部的热爱

我发誓，我深爱着她
如同爱我自己，挑剔的味蕾

我坦白，我怀疑过她
如同怀疑自己，善变的审美

我爱她，新鲜，饱满
体内充溢甜蜜的汁水

我怀疑她，泡水，盐渍
想尽办法清洁她的过去
和自己无休止的想象

她在投入我之前
是否被他人爱过
他们也如我一样
凝视，咬噬
极尽爱意吗

我想起小时候
被挂在枝头的粉红

诱惑得睡不着觉
顶着烈日爬上树
摘下一颗就往嘴里送
一颗紧一颗，只晓得滋味美

如果允许，我想和那些桃子重来
从青涩到成熟，我们彼此见证
在干净的土地，爱得毫无保留

我　们

有时，我们闯进街边一家小店
买下一捧开得旁若无人的花
尔后，花更多的时间寻找
一只与之匹配的花瓶

有时，我们也一眼相中橱窗里一只安静的瓶子
久久不肯离去，各自暗想
该插入什么才不辜负这季节

更多的时候，我们仅是走着，逛着
像未满的恋人，像父女，更像是两个慢慢靠近的
陌生人，偶尔停下脚步，细细看着
买或不买，都不讨价还价也不耿耿于怀

街道宽阔漫长，如逝去和正在走来的岁月
我们闲散地走着，仿佛什么也带不走什么也留不下

32 路公交会开往哪里

有时看见夕阳的光照进来
落在不同的人身上，形成
不同的光斑
那晃动的光影因为很快就要
再次消失
而令人不忍移开视线
正如爱心专座上，颤巍巍起身的老人
茫然地在站台怔了一会儿
迈开的左脚，下一步
将偏向哪里？

有时坐在最后一排临窗的位置
俯瞰整个车厢
有限的空间，不停循环更替的乘客
竟生出一种时空交错的恍惚：
是这趟公交载着此刻的我
一路走走停停
还是不变的我们，搭乘生活设定的轨迹
反复与平行世界那些
不可能的自己
不断地相遇、不舍地分离？

就在昨天傍晚，车窗外飘起了
立秋后的第一场细雨
盯着前排女中学生，一头黑洞似的乌发
那一无所有的黑，那披散着
未知一切的黑
入了神
回过头来，终点站像一枚等候已久的落叶
指向那条回返的必经之路
感到人生第三十三个秋天
已经不动声色地来到了我身边

一些真实的小事

我是谁，真的不重要
我也许是父亲最疼爱的女儿
是国宝村的一抔土
谁的双手最先捧起我
谁又别有用心撒我向远方
我并不打算追究
我只关心我的母亲
在七岁那年告诉我身世
说我是一场大水冲了龙王庙
一条失散了的小龙
我相信她，她说话时盯着脚下
成熟的稻子们应声倒地

我将去往哪里，也不重要
父亲和祖父，祖父和曾祖父
以及烟尘中的高祖父……
纯粹的父子关系，他们的一生
有过几次推心置腹的对话
哪一阵举重若轻的风
牵绊了他们的流浪
把国宝村作为最后的故乡

我也无从一一追究
我更在乎我的祖先们跋涉千年
让子孙后世，碌碌无为如我
百年以后，有土可依

辑 五

成为母亲

神降临的夜晚

——孕一周

那应该是个冬末的夜晚
和其他夜晚一样，身体靠在一起
就会相互碰撞，就会散发
温热，混合隐秘的星光

而我和你的父亲并未察觉
春气簇拥至窗前，一颗种子
已亲手被月亮埋下

在泥土湿润的床上
我们沉沉地睡去，像两粒轻盈的
萤火，漂浮在梦中的河流
等待一双婴孩的手
无数次重返，一次真正的抵达

夜晚的慈悲

——孕三周

寂静如此真实，容易让人产生幻觉
凉风怀抱一样扑过来时
一个人坐着，好像两个人
抱团取暖

你的父亲已经睡着，而我困意全无
想到黑暗中也许仍有一些隐秘
为我而来，如同一个婴孩呱呱坠地
目光找寻它的母亲

我就感到温暖，又羞惭
就像那颗才被看见，就消失了的
流星，悄悄积攒了一长串会发光的吻
要留给睡梦中，露出甜蜜破绽的人

预　感
—— 孕五周

对迟来的事物，也充满感激
雨水，花苞，延期的潮汐
构成三月，悬在枝头的预感

春天，有时就像试纸上那杠
由浅入深的红线
要有青草一般的耐心，才能直抵

春天有时是我和你的父亲站在一起
握着彼此，触碰过草籽的手
以为摸到了神，亲自选中的你

柔软的直觉

——孕六周

我的身体似乎不再只属于我
但仍然像被谁一起操控着
季节交替那样，敏感可靠

像你的父亲牵起我的左手
小心地绕开回家路面的坑洼
两旁树木投下薄荫，青翠欲滴的目光

像我。不时地低头抚摸肚子
看向晨光中的那片草地，平坦如初
确信有柔软的精灵，双手合十
正蜷缩在，春风轻拂的花苞里

温柔的野心

——孕七周

我想是我让出了身体，坚硬的部分
这瘦小的，乳房一样的日子
才一天天水草丰茂

信赖，并且将它轻轻含住
沿着皮肤上弯曲伸展的青色静脉
心怀蔷薇的人，即将获得无偿喂养

而这一切，仅仅需要你
以无数次心脏的跳动，放出喉咙
深处的小兽，"哇"地一下
哭出声来……

最好的礼物

—— 孕八周

我越来越适应，和你共用一个身体
夜醒，晨吐，天气好时
学一朵失神的太阳花，打出长长的哈欠

我越来越喜欢端详细小的事物
指甲盖，头发丝，皮肤上的淡斑点
这些身体里面的小星星
一闪一闪，像你爱上我
而精心准备的、必不可少的礼物

梦　境

——孕九周

昨夜我梦见一个小人儿
手捧草地上的阳光，扑向我
野花开遍，让出缤纷的尽头

醒来时，我张开的双臂
仍散发着独自等待的香气
刚好抱住窗外虫鸣
和你父亲的鼾声

那个梦境多么真实、持久
让我愿意一直保持，拥抱一个人的姿势

甜

——孕十三周

你为我重新打开了新世界的大门
那只让你父亲眼睛和鼻子都褶在一起的橘子
竟被我吃出了果浆中隐蔽的糖

我的胃口变得出奇地好
好像体内闯进了一头善良的小怪兽
看见坏天气，也想着用食物把它消灭掉

我能想到最直接的甜，是尝尽了生活的酸咸苦辣
由你吮吸出的第一口奶水

日常之美

——孕十四周

清晨醒来，先喝下一杯蜂蜜水
蠕动的胃肠似乎比我更快抵达了
归属地，以及通往这个夏天的唯一路径

午饭之前啃一个苹果，啃掉它青涩的部分
将那甜蜜的汁液据为己有
你是一尊小佛，我要借许多花献给你
并不奢求任何慈悲的回报

——灯盏之下器物空有坚硬的外表
而舌头常怀温柔之心。我们一起坐在餐桌前
一口一口慢慢吞食，如同回味

胎　动

——孕十八周

这是我第一次，真切地感受到
那突如其来的、若有似无的
抖动

像雀鸟的爪子抓挠
身下的苇草
像蝴蝶振翅，带来幸福的风暴

像我迎风落泪，向空气中涌动的花香
微微地鞠了一躬

酿

——孕十九周

以前从未这样近距离地，观察蜜蜂
开始好像漫无目的地飞在阳光下
忽然就停驻，在其中一朵花上

以前也未曾这样近距离地观察花朵
如何在微风中经受，一根刺的长吻

以前啊，好像没有动过这样尖锐的恻隐之心
看着一朵花。好似天然地在等待一只蜜蜂
仿佛那顺流而下的汁液，来自我潮涨的胸口

他 们
——孕二十周

向上的路，他们习惯走在前头
习惯随手拨开杂草、荆棘和迷雾

大多数时候，他们还习惯沉默
偶尔伴随风声和鸟鸣
回头递来一把掌心里的酸甜野果

不知何时开始，我们的脚步都慢了下来
在其中一棵挥洒浓荫的松柏下休憩
谈一些身边的人和事，尽量不提自己
说出心中的想法，但不高声争论

他们，是在这世上提前老去的父母
也是我。行走在光影中
最想迎头抱住的人，像用笑脸抱住
刚刚学会哭泣的婴儿

本 能
—— 孕二十二周

彩超单上，你安然蜷缩的样子
有时比遥远的星空
让我注视更久

我持一面镜子，寻常如旧
对准你闭眼握拳的姿势，慢慢放大
能看见内心深处，人马座的上升运势

有时我有月光千里，像童年迷失在山林
照见桃树开桃花，松树流松脂
天地朗澈，如同一枚正在成型的琥珀

月　亮

——孕二十三周

多数时候，我感到确信的富有
像少女时依在她怀里
抬头看见星星眨眼，夜空抖落
碎宝石

有时我会长出小小的、贫穷的犄角
她曾生得那么美，挂在高高天上
为何在发光的岁月，成为我
日益暗淡的母亲

现在，她瘦削的身形正背着光
聚拢一桌团圆的晚饭，暮色催促中
温柔的模样
还像那一抬头，就能望穿的月亮

抒　情
——孕二十四周

流水顺着身体的河岸向下，经过你
越来越像绕开，一个溜滑的卵石
激起了深处的漩涡，和浪花

穿上衣服，在蝴蝶的斑纹和
妊娠纹之间
或许藏伏着，某种相似的定理
共同指向了生活的谜题

这梦境和现实日复一日相互牵扯
碰撞，我选择了坚定爱你
必然是受到了星空，不完美的启示

香 气
—— 孕二十五周

在拥挤的车厢，有人让出一个座位
我不好意思地走了过去，笨重的脚步
像获得了人群中一些小神的默许

在公园散步，一个气球滚到脚边
两个小孩跑过来，看着我的肚子
发出抖落草籽的圆滚滚的笑声

这是闷热的八月午后，一个人身体的闪电
不时地得到释放，阵雨带来了夏日香气

名 字
——孕二十七周

一开始我想从飞翔的鸟类那里
获得灵感，让翅膀的斑斓
作为你笔画的偏旁

后来看见泥土中生长的绿色植物
我又想用根茎的柔韧，串联起
你的部首

再后来——
多么动人的缺憾啊，一个母亲背对浩瀚夜空
想为那颗独一无二的小行星，命名
但当晚的纯白月光，和所有母亲都告诉她
这世上充满爱意的字眼
早已被她们用旧……

成为母亲

——孕三十周

把小衣服、小袜子、小玩偶再整理一遍
像临睡前从夜空取下
那些发光体，月亮、星星、虫火
和神秘的眼睛……

把身体的草木重新搬出来
放在阳光下，置换新鲜空气
并修剪，可能弄疼你的部分……

为了你的到来，我比小时迎接神明
更虔诚，但你的外婆还是告诉我
虽然她也做好了准备
却并不是一生下我，就变成人们口中的母亲

小菩萨

——孕三十五周

我并不相信天上闪光的佛
却希望人间住着，会流泪的菩萨

我不确定菩萨长什么模样
笑起来，是不是也有魔法
但猜她有一副美丽的好心肠

我对菩萨一无所知
菩萨却知道我，我们彼此保佑
透过这慈悲的，近乎柔弱的脐带

与五个月大的女儿对视

我看见了整座大海，在翻涌
但只溢出了一点点
刚好打湿，她的小睫毛

黑色的、拳曲的睫毛
极细微的，扑闪的浪花
在我就要游向漩涡之际
轻轻地，把我托举出水面

那"咿咿呀呀"，小手小脚挥动
如同海鸟扑打嫩翅
向新生者，发出肺腑之言

图书在版编目（ＣＩＰ）数据

爱与愧疚 / 叶燕兰著.-- 武汉：长江文艺出版社，
2021.9
（第 37 届青春诗会诗丛）
ISBN 978-7-5702-2267-4

Ⅰ．①爱⋯ Ⅱ．①叶⋯ Ⅲ．①诗集－中国－当代
Ⅳ．①I227

中国版本图书馆 CIP 数据核字(2021)第 127036 号

爱与愧疚
AI YU KUIJIU

———————————————————————————————————————

特约编辑：寇硕恒

责任编辑：胡　璇　　　　　　　　　责任校对：毛　娟

封面设计：璞　闾　　　　　　　　　责任印制：邱　莉　　王光兴

———————————————————————————————————————

出版：长江出版传媒 | 长江文艺出版社

地址：武汉市雄楚大街 268 号　　　　邮编：430070

发行：长江文艺出版社

http://www.cjlap.com

印刷：中印南方印刷有限公司

———————————————————————————————————————

开本：850 毫米×1168 毫米　　　1/32　　印张：5.25　　插页：4 页

版次：2021 年 9 月第 1 版　　　　　2021 年 9 月第 1 次印刷

行数：3478 行

———————————————————————————————————————

定价：46.00 元

———————————————————————————————————————